KB165031

우리가 산다는 것은

우리가 산다는 것은

초판 1쇄 발행 2019년 8월 15일

지은이 | 박영교
펴낸이 | 지현구
펴낸곳 | 태학사
등 록 | 제406-2006-00008호
주 소 | 경기도 파주시 광인사길 223
전 화 | (031) 955-7580
전 송 | (031) 955-0910
전자우편 | thaehaksa@naver.com
홈페이지 | www.thaehaksa.com

값은 뒤표지에 있습니다.

ISBN 979-11-6395-118-6 03810

우리가 산다는 것은

박영교 시집

태학사

| 시인의 말 |

이 시집을 출간하면서
먼저 하나님께 감사드린다.
농사일도 순조롭고
자식들도 다 자립하게 하시고
손자들도 건강하게 자라게 해 주셨다.
가장 감사한 것은
좋은 시를 쓸 수 있는 재능을 주심이다.

이번 시집 출간은 열 번째 시집이다.
발표한 작품들도 꼼꼼히 확인하고 퇴고했다.
어떤 작품은 제목도 바꿨다.
열심히 써 왔고 열심히 살아왔음을 감사한다.

김용범 교수님께 작품 해설을 부탁했더니
쾌히 승낙해 주셨다.
졸작이 빛날 것 같아 더욱 기쁘다.

시집 원고를 출간해 주신
태학사 지현구 대표님, 최형필 이사님,
편집부 관계자 여러분께
감사 또 감사함을 전한다.

죽는 날까지 열심히 쓸 것이다.

2019년 8월
소백산 아래에서
박 영 교

| 목차 |

제 2 부 비슬산琵瑟山 내려오며

제 3 부

기다림

제 4 부 봄비 소리

제 1 부

아내의 잠

첫눈 · 1

첫눈 오는 날

우리 선생님*은

모든 것 용서하라 하신다

하늘은 하얗게

하얗게 덮으라 한다

밤 내내

어둠을 덮고

봄빛 기다리라 한다.

* 정운 이영도 선생님

우체통 앞에서

이제는 다 소용 없는 시절들이 앞에 있다.

그리운 아이들 소식
기다리던 늙은 부부

지금은
책상 앞에서
몇 천 리를
내다본다.

우표도 한 장 없이 달려온 소식들

오늘은 내 무릎 앞에서
즐거운 소리로 들려

웃음꽃
하얗게 피는
봄빛 같은
말소리.

다산茶山의 촛불 · 1
–霞帔帖

절명絶命의 힘 앞에선 예절이 필요하다.

지난 일들 속에서 만난
저녁놀 치마 색 보며

가난한
양심 담아놓고 노을빛 생각해 본다.

수추首秋*가 든 강진 마을
마음씨까지 창창하지만

붉은 빛 바랜 올실 낡은 치맛자락

마름질
서첩에 새긴 국추菊秋* 가득 피는 글귀

* 수추首秋 : '음력 칠월'을 달리 이르는 말
* 국추菊秋 : 국화가 피는 가을이란 뜻으로 음력 구월을 이르는 말

인사동 거리

사람들 참 많이 오간다

강물보다 더 빠르게

유별난 낙관落款 하나 찾다가

나 자신도 잃고 선다.

문경산産

놋주발까지도

길을 잃고 앉아 있다.

아내의 잠

당신의 검은 머리도 흰 머리가 보입니다.

늙지 않는 바위로 앉아 한생을 보낼 것 같은

젊음도
연륜 앞에서는
맥을 못 추는 투사鬪士

자고 싶어도 잠 못 드는 가을밤 하늘 속으로

그리움 덩그러니 올려놓은 침대 위에

온몸이
꽃잎 지듯이
힘없이 늘어집니다.

낙관을 찍으며

엘리베이터 타고 15층 건물을
하늘에 닿는 꿈을 꾸며 오른다
언젠가
날아오르는 힘
날개를 달고 싶었다.

국전작품을 내면서 낙관을 찍고 일어선다
화선지에 내려앉는 저녁놀을 발견하고
현실 속
맞닥뜨릴 미래
심장에 북이 울린다.

문학의 푸른 싹을 키우고 전지剪枝를 하며
지난날 어두운 얼룩을 지워낸다
소박한
잔물결 무늬라도
깨끗한 오늘이고 싶다.

문무대왕 수중릉

슬픔을 안고 가던 신라왕 수중 무덤
삶의 뼛골까지 나라를 지키려고
한 많은 역사의 아픔
바다에 와 묻는다.

돌아보면 조국산천 앞을 보면 망망대해
해초를 덮고 감포 앞바다에 누워있다
지난날 그리움 솟구쳐
파도가 되고 밀물이 된다.

감은사 넓은 뜰 위 탑심塔心에 눈을 얹어
침략의 거센 파고波高 헤쳐 가며 살아왔을
목숨도 사직을 위해선
한낱 초개같은 운명.

대왕암 휘감아서 돌고 도는 파도소리
부서지는 흰 포말들 역사의 숨소리까지
잠잠히 잠겨 있는 바다
아름다운 갯벌을 본다.

사마천의 눈물 · 2

사람은 살기 싫어도
살아가야 하는 법이다.

너그럽지 못한 상사들이 세상을 뒤흔들어도

삶이란
역사를 바르게 쓰는
내일 향한 오늘일 뿐

권력을 잡았다고
휘두르는 칼자루 앞에

고개 빳빳이 쳐들고 바른 말할 사람 있나

지금도
궁형을 내리는
황제가
있을지 몰라

유서 · 1

막말로

빈 나뭇가지를

내리치는 겨울바람

목숨 가누지 못해

허공에다 매어단다

흔들린

마음속 건져서 펼친

눈물 가득한

편지

첫눈 · 5

대구 사는 딸 예쁜이
전화를 걸어온다.

수시로 엄마 아빠 조잘조잘 걱정한다.

하얀 손
퇴근길 핸들 잡고
조심
조심
소곤댄다.

군대생활 軍隊生活

내 젊음을 잘라 묻은
강원도 인제 원통 고을

또 내 조카가 이곳에 와
군대생활 하고 있다

가을볕
따가운 한나절
서먹서먹해진

인제 길

내린천 흐르는 물
맑은 그때 그 하늘이

지금도 그 강물 섶에
몽둥이로 고기 잡던 밤

내설악
가득한 달빛
부서지는

바람소리

둘구비 농장에서 · 5

비둘기 떼 날아와서
땅콩 밭을
거덜 내고

고라니가 밤새 와서
고구마 밭
뒤엎어도

내자內子는
다 함께
먹고 살자고

혹여 목마를까
물까지 떠 놓고
간다

욕심 · 1

우리 아파트에 살던
안동 김씨 아무개 일

반장을 하다 보니 통장을 하고 싶고
통장을 하다 보니 국장을 하고 싶고
국장을 하다 보니 회장을 하고 싶고
회장을 하다 보니 이사장을 하고 싶어져

감투가
뭐 그리 좋다고
또 하고
또 하고
또 하고
싶은가.

삶 · 1

바람막이 덕에
살아오다가
이제는 내가
바로 바람막이

헐벗은 사람에게 쓸개까지 빼 주던 손길

묻혀진
선의善意의 그 얼굴
내일도 모르는
지금
여기서

삶 · 2

선죽교
피멍 든 다리

지금도 단심일 거다

사람 맘
한번 먹으면

풀리지 않는 실타래

일평생
다시 오지 않는 젊음

늦은 지금도
늦지 않다고

만추晩秋 · 1

색깔을
잃어가는

나뭇잎
떨어지는 소리

햇살
가득 품고서도

추위에
떠는 몸짓

푸석한
땅위를 덮는

계절 굴리는
바람소리

수석壽石을 주우며

문경읍
진남숲 돌아

물소리
웅성거리는

그사이
돌들은 모여

색깔을
나타낸다

요란도
깨뜨려지는

감당 못하는
물돌이

평화를 위해

드맑은 하늘이 보이는 창窓가에
내려앉은 비둘기 떼
돌아갈 수 없는 땅이
그리워
기웃거리는 자연
넌 그것도 복이니라.

네가 가을을 위하여 몸짓으로 그림 그리고
무리를 지으면서
울음소리 마련할 때
사람은
젖은 목소리까지도
그리워 목 메인다.

두고 온 고향 하늘 구름조차 선명하다
그리움에 날아올라
간절히 찾는 희망

평화를
우리들만의 몫을
마음껏 누리고 싶다.

북한산 들개

그 언제부터인가 주인 잃은 개들이
떼 지어 다니면서
등산객을 따라온다.

버리고
떠난 사람들 팽개쳐진 그들이다.

그래도 모여 살면서 떠나간 주인 그린다.
버림받은 슬픔보다
살아갈 길이 멀지만

훈훈한
사람들 손길 여기까지 미친다.

해맑은 눈동자의 새끼를 낳았지만
주인도 돌아갈 곳도 없이
그리움만 하나 가득
눈 녹는
봄기운 몰고 따사로운 집 생각는다.

유서 · 2

정도正道를 지켜 살면서
나는 마지막 소원을 쓴다.

살아온 길 위에 서서
뜨거운 목줄을 걸고

내리는
산그늘을 타고
나 또한 어둠에 젖는다.

정의를 찾지 못하여
젖은 하늘 쳐다만 본다.

유유히 사라져 가는
내 목숨 불을 붙여

이 한밤
불의不義를 모아
다 태우고 떠나고 싶다.

만추晩秋 · 2

추적이는 밤비 내리는 날

뒤따라오는 발자국 소리

단풍잎조차 비에 젖어

찢어질 듯 가지 휘이고

스산한

겨울 새소리에

계곡 물이 얼고 있다.

하늘 아래

너와 나 언저리엔 하늘도 흐리구나
어디를 봐도 어둠뿐, 어둠 뚫고 봐도 어둠뿐
진실한 사람이 그립다
푸른 하늘이 그립다

제 2 부

비슬산琵瑟山 내려오며

용인을 지나며

내 어릴 적 업혀 크던

누나가 용인에 산다.

누나 등에 업혀서

등 체온에 묻혀 있던 나

오늘은

내 손자를 등에 업고

하염없이

서서 보낸다.

삶 · 3

사람이 산다는 것
꼬불꼬불 그 고비마다
벗어날 수 있다는 희망
오르고 또 오르고
고갯길
또 앞을 막아서도
오르고 또 오른다.

비슬산琵瑟山 하염없이
걸어 오르는 저 사람들
색깔 잃은 단풍처럼
바람을 맞았는가
잡목 길
갈잎까지 헤치며
오르고 또 오른다.

대견사大見寺 동굴

대견사 삼층 석탑 앞에서
내려다 보는 시계視界
인간은 자연 앞에서
개미 떼 삶이었어
산능선
굽은 길 위를
줄지어 따라가네.

차라리 동굴 속에 들어
한 천 년 석불이 되어 볼까
두 눈을 감고 앉아도
사람 냄새만 스쳐가고
동굴 속
바람 소리에는
새소리도 섞이지 않네.

억새 소리 · 1

대견사 돌산을 보면서
계단을 뛰어오르다가
참꽃 군락지 보이는 언덕에 서면
새소리
그윽한 사이로
억새꽃이 허옇다

때로는 억새처럼
때로는 불꽃을 안고
활활 타고 싶은 그네들 앞에 서면
우리는
황홀한 안개 늪에
마음까지 빼앗긴다

억새 소리 · 2

화왕산 억새에 불을 놓고
돌아와서 울었다는 친구

억새는 재가 되어 흔적 없이 사라져도
깊숙한 마음속 뜨거움
불꽃으로 활활활

우리들 두 발로는 어디든 갈 수 있지만
마음속 그리움은
병이 되고 눈물이 되고

억새 숲 바람 소리에
그리움 사무치는 지난날

삼층석탑 앞에서

때로는 잊고 싶은 일 지우고 싶은 심정일 게다

비슬산 정상에 서서 아찔한 낭떠러지

떨리는
마음을 안고
눈 아래 세상을 본다.

살면서 염원 하나하나 돌이 되고 탑이 되어

산정山頂에 올라앉아 마음을 두드린다

단단히
마음 되잡고
감사하며 살라한다.

비슬산琵瑟山 내려오며

우리도 한때는

산정山頂에도 올라 봤고

불붙은 젊음도

살아봤지 않았는가?

지금은

희미한 기억 속

한때의 춤사위

그 그리움

욕심 · 2

냇물처럼
낮아져도
더 낮게 엎드리라 한다

바다처럼 넓은 마음도
더 넓게
넓히라 한다

낮추고
더욱 넓혀도
모자라는 사람들아

친구 · 1

철길 처음 열리고
기차 통학 하던 시절

길은 안면 강원도
철암행 열차 떠나다

앞길이
창창한 학창시절
그 옛날을 그린다

바람으로 옛길 걸으며 다 떠난 지금에 와서
철없던 시절
어머니의 눈물뿐
그리움 다시 펴 담아도 돌아오지 않을 봄빛

삶 · 4

어! 박 교장
살아 있네
교회 가는 길
한 친구 만나 건네는 말

나이 들면 자주 만나
얼굴, 인사도 나누는 일

게으른
말투 하나에도
죽음과 삶이
오간다.

꿈
- 풍기 온천에서

야외
온천탕에 앉아
서울행
열차를 본다

빨가벗은 주제 서울 행行을 꿈꾸다

미끄럼
늦은 가을볕

낙엽 될까
두렵구나

소백산 비로봉

죽계구곡 지나올라
뒤 발걸음
돌아본다

언제나 바르게 살라 하시던 선조님들

목소리
쩡쩡 울린 메아리
소백산 골짜기
돌아
나온다

왕 벚꽃

너 언제
화들짝 피었니?
우리 꽃 색깔인데

그놈들이 갖고 가서
왜놈 나라 꽃 만들었나?

화사한
웃음 속 근심
숨어 흐느낀
내 나라 벚꽃

돌담길 · 1

사랑했던
얼굴들이
떠오르는 돌담길 따라

잡은 손가락 사이로
날아오르는 비둘기 떼

옛사랑
바닥에 깔려
발자국 따라다닌다.

남이섬

배를 타고 섬 행行을 한다
동남아 사람들이

숨 가쁘게 들어오고 말言들이 서로 엇갈린다

남이섬
큰 무덤 하나가
비석보다 더 크다

그의 무덤은 경기도 화성
이곳의 묘는 가묘假廟인 것

관심 없는 사람들은 모르고 지나친다

섬 이름
갖기 위해 섬 주인은

묘비명을 세웠다

친구가 오면

서울 수유리에서
익숙한 목소리로

박 시인 진한 숨소리 묻은
전화가 걸려온다.

영주 땅
밟으러 내려오면
칼국수 냄새가 먼저 난단다.

말없이 돌아가도
가득하게 쌓이는 말

발자국마다 바스락거리는
낙엽소릴 들으면서

밭둑에
마주한 소나무가 되어
늘 푸르도록 기다린다.

정情

망초꽃 시를 쓴
한韓 시인의 목소리

칼칼한 웃음소리 뒤
두고 떠나는 정이 두텁다

국망봉
바람소리 같은

봄비 소릴
듣는다

돌담길 · 2

고궁을 거닐면서 나는 잠시 왕이다.

역사의 칼날 앞에
잊지 못할 삶과 죽음

진실한 백성들의 향기 울창하게 일어선다.

살아있는 말씀들이
지금도 생각나서

별처럼 생생하게 떠 있는 지난 날 발자국들

떠나도
남아있는 숨소리

그리움에
젖는다.

역사 · 1

역사의 위기를 얼마나 많이
칼로 총으로
논으로 얼마나 많이

그들은 다 흙으로 돌아가고 남은 것은 우리들이다

불안한
통수권자의 행보

외환위기 또
올라

만추晩秋 · 3

파아란 하늘빛 사이

가을 숲이 보이는 창窓

초록은 다 지나가고

낙엽 직전에 있는 모습

감사와
번제의 계절

들판의 황금빛이
찬란하다

삶 · 5

하늘이 맡겨놓은 내 재산을 챙기면서

젊은 시설로 되놀아가는
내 생각을 잡아본다

잘난 체
한바탕 웃음 뒤에 숨은

아등바등하던
지난날

삶 · 6

나는 길가에 자라는

어렵게 피운 꽃이다

나뭇잎 하나에도 울고

떨어지는 낙엽소리에도

한없이
떨리는 모습으로

또 떠나는 길
두렵다.

제 3 부

기다림

묵상 · 6

촛불을 켠다고 다 밝힐 수 없는 일
날개가 있다고 다 높이 날 수 없는 일
살며시
마음만 날아서 내 하늘을 오른다.

숨어 든는다고 부끄러운 삶은 아니다.
푸른 하늘까지 날아오르지 못해도
평범한
푸르름으로 살아온 내 영혼만은 맑기를

또 살아도 굴곡진 삶 솔깃한 언어의 유혹
순간을 이기는 건 내일의 기쁨
오늘도
어느 미래를 위해 내 하늘을 오른다.

가을 · 1

엄청난 시간을 헐어 보채는 마음 푼다
보고 싶은 그리움이
하늘 빛깔만큼 깊다

눈동자
말갛게 젖는
가을 하늘이 좋다

허기진 가을볕은 옷깃을 여미게 하고
국화꽃 진한 향기는
가슴에 파랑을 만든다

텅 빈 들
텃밭 한 귀퉁이
살아 숨 쉬는
푸성귀까지

가을 · 2

이 가을도 힘없이 쓰러지는 고목을 본다.

사람들은 주머니가 두둑하면
해외로 캐리어를 끌어댄다.

오늘도
비행기 이륙소리
떠나고 또 떠난다.

뙤약볕 여름날에 땀방울이 흐르지 않으면
풍요로운 가을은 결코 오지 않는다.

풍년이 들었다고 사람 위아래도 없다고 한다.

평등은
서로 바른 관계에서

얻어지는 삶의 과정이다.

마음 · 1

주먹으로
가슴을 치면
슬프다 하여
위로가 되던가

가슴은 칠수록
마음은 더 아파오고

두 눈엔
근심이 차오르고

내 입엔 오직
신음呻吟뿐

묵상 · 2

네 남겨놓은 빈자리에
내 마음 한그루 심을까

그대 파삭해진 대지에 빗방울로 떨어져

언 땅을
촉촉이 녹여서

푸른 싹 틔우고 싶다

어제의 그 행동도
오늘의 이 생각도

밤새도록 삐걱거려도 내가 한 일인데

너의 탓
나무라는 역사 앞에

옳은 이는 누구인가

만추晩秋 · 4

흰 구름 저 너머
산맥마다 색이 바래고
날아가는 철새 떼 들려오는 울음소리

가을비
바스락거리는 낙엽
빈 가지도 다시 뵈는
늦가을

분주한 삶 속에서도
나를 찾는 계절
마음 문 활짝 열고 돌아보는 지난 날

알고도
모르는 체 시치미 뚝 뗀
그때 그 삶
그 아픔

기다림

갈밭에 서리 내리고
겨울날이
길어지면

이불 속에 파묻혀서
옴짝달싹도
힘 드는 때

그래도
햇살 기다리면
마음 두드리는
노크 소리

울울한 겨울 참고 참으면
어디서
부터인가

실개천 물소리가

간질이듯
귓가를 맴돌고

훈훈한
바람 불어와
환한 봄꽃을
그려낸다

천둥소리

천둥번개 동반한
하늘 무서울 때가 있다.

내자內子에게 한 거짓말, 삐뚤게 살아 온
옳은데 옳다고 그른데 그르다고 못한 벌

번개가
내리꽂힐까
사시나무처럼 떨 때가 있다.

연근

수많은 진흙바탕에서도 살아남을 수 있었던 것은
가장 곱고 귀한 색깔로 다시 태어남을 맛보는 것
진흙탕 흐린 눈물 닦으며
이승의 꽃잎을 피워낸다

침묵 · 1

말을 하지 않아도
들려오는
너의 호소

마음을 흔들어대는
살아 우는
오늘의 외침

보아도
들어도 깊은 한숨 뿐

물음 같은
풍경
소리

김유정 역驛에서

김유정이 살았다고

촬영을 마친 우리

연인戀人을 배웅하듯

플랫폼에서 손을 흔들며

떠나는

기적소리만

귀에 쟁쟁

담고 온다

저녁노을

춘천을 돌아 나오며

붉은 해를 바라본다

굽이 하나 돌 때마다

그림 같은 산맥들이

겹겹이

그림을 그리고

엎드린 채

말이 없다

친구 · 2

섬으로 가고 싶다던 내 친구가 보고 싶다
이미 이승을 떠났나 그대 이름 들먹여 보아도
남는 건
짙은 네 목소리
그리움에 떨린다

시골 초등학교 교문 앞에서
코 흘리던 우리들
파란 고추를 내 놓고 오줌 줄기 멀리 보내기
당당히
승리를 거둔
그 웃음 보고 싶다

도시락 까 먹다가 뚜껑을 잃어버려
엄니한테 야단맞고 울고 다니던 너

일흔도
훨씬 넘은 나이
보고 싶다 어디 있니?

매화마을

– 홍쌍리 매실농원에서

섬진강 건너기 전에
달빛이 식어 버리면

물관부 뿌리 끝에서는 봄을 퍼서 올려댄다.

물안개
자욱한 산등
가지마다 트는 꽃봉오리

연둣빛 나뭇가지마다
이른 봄 조롱조롱 달고

강기슭 아지랑이 모래톱에 걸쳐 놓으면

푸른 강
하얀 산기슭에는
구경꾼이 줄을 선다.

시장보기

사람 생김새는 할 수 없어도
말솜씨 한번 옹골차다

요즘 세상 아름다움은
깎아 만든 돌미륵이라서

자연산
물회 한 사발보다
덜 쳐준다는 우스갯소리.

삶을 그릇으로 담아
팔고 있는 바닷가에

장바닥에 퍼져 앉아
입질하며 칼질이다

주름살
그 사이로 터지는 입담
걸쩍지근한 우스갯소리.

인생 노을

이제는 살만큼 살아서 어깨 팔도 아프다
지금껏 살아오면서 사람들을 만났지만
사람 밤
한 길 안 되는
그 속을 알 수 없다.

한평생 살 것 같아 여유 같은 술수
그대 머릿속 실핏줄 한 개만 터져도
지는 해
노을만 남기고
서산에는 쓸쓸함만 가득할 거다.

사람 구실

사람은 잘생긴 것보다
심금을 울릴 줄 알아야

무거운 등짐지고 외나무다리 걸어 보아야

짓눌린
아픔 참고 참아
목 놓아 울어 보아야.

여리고 여린 난향蘭香까지도
어루만져 세울 줄 알아야

기나긴 한강줄기 돌려 세울 큰 힘 있어야

돌아올
미움도 바로 세울
역사歷史도 볼 줄 알아야.

만추晩秋 · 5

아파트 옆 솔숲 그늘

풍경 속에 앉아서 보면

아는 만큼 보인다는
어느 친구의 말과 행동

찬바람
허옇게 속살 드러낸
겨울나무
줄기 같은

먼 산그늘이 가을을 데리고

눈앞까지 내려온 계절엔

나도 춥고
그늘도 춥고

잎 없는 감나무도 춥고

실없는
넋두리보다
뜨끈한 오뎅 국물이
그립다

사별

며칠 전 초등학교

담임선생님이 돌아가셨다

살아온 연세 아흔 여덟

내 나이 저승이 보여도

눈물을

철철 흘리는

아직도 초등학생

봄 · 1

내 마음에 창이 있다면
늘 열어
제쳐 놓고

봄꽃 향기로울 때 모든 창문 열고 열어

마음껏
들이마시고
내 방 벽마다
덧칠하고
싶다

내일 · 1

내 생일날도 다 잊고
오늘을
살다 가련다.

떠나는 날
문턱 밟으며
웃음소리
한바탕 내고

우리가
산다는 것은
어느 날 문득
떠날 날을
준비하는 것

설악산 가을

고운 물결 흐르는

설악산 가을맞이

대청봉, 울산바위 한껏 물든 단풍들

메아리

굽이쳐 들리는

신흥사 큰 목어 울음

제4부

봄비 소리

아버지

아버지는 아들에게 있어
히말라야 큰 산맥이다.

누구도 범접 못하는 산맥의 소리 바람
산 중 산
큰 중심을 잡고

늘 떠 있는
푸른 별.

파편

책으로 엮어 놓은
문장을 읽으면서
탄알이 장착된 것 모르고 입을 열면
무성한 언어의 파편, 마음속에 파고든다.

개구리 올챙이 적
모르는 그대 모습
무엇이 울음인지 어떤 것이 웃음인지
구분도 못하는 자신 드러누워 침 뱉는다.

살아있을 때 베풀고 가라
좋은 일만 하고 가라
남의 가슴에 상처 남기는 그런 일은 하지 말라
마침내 남길 묘비명 한 번쯤 생각는다.

구안와사口眼瓦肆 · 1

어떤 일을 하다 보면
나도 모르게 욕심이 난다

한쪽 눈꺼풀이 내리 덮여
온 세상이 무거워 오고

입술의
두둑한 살이
말도 바로 못하게 한다.

순리로 살다가 한때 부린 욕심이
눈으로 보는 일도 더욱 무거운 오늘
짓눌린 아픈 침술에
나 오늘 이렇게 눕는다.

남에게 뵈고 싶지 않아
마스크를 하고 다녀도

아는 사람은 다 알고
말없이 인사를 건넨다.

살아서
움직이는 세상인데
난 육감으로만 떠돈다.

이승 · 1

천국이 어디이며
극락이 어딘가 하고

묻고 또 물어 봐도 대답하는 이 없네

감사感謝함
걸음마다 가득하면

그것이
천국이요 또

극락이다

권농일기 · 5

농사짓고 살기 싫어서
열심히 공부했더니

정년 후 밭이랑 타는 황소가 되어 있다.

더덕밭
이랑 이랑마다

웃음들이
숨어
산다.

삶 · 7

다 떨어진 품위라도
사람만 잘 만나면

지친 몸 꺼죽한 모습
눈길 없는
곳에서도

진흙 속
연꽃 피우듯 고운 모습 뽑아 올린다.

가끔은 나도 울고 싶을 때가 있다.

뇌경색 맞은
사람 보면
건강하게 살아있다는 것

진흙당
이승을 접고 드러눕고 싶을 때가 있다.

봄비 소리

추적이는 밤 빗소리에

깨어 일어나 오줌을 눈다.

나뭇가지 끝에서 이는

풋풋한 전율이 오고

끝없는

상상도想像圖 그리는

한 화가畵家의 붓질 소리

소백산 사과

너는 매일 밤마다

뜨거운 불 깊게 지핀

가슴앓이를 하는

흔들리는 불덩이다.

수많은

공功을 들여서

가지마다 걸어놓은

농심農心이다.

감성 마을
-강원도 화천군

소설가 이외수 만나러 감성마을 찾아갔더니
아침부터 주무시는데 만나지 못할 거란다.
검둥개
꼬리 흔들며 따라와 벌렁 눕는다.

삼일 낮 삼일 밤 한잠도 못 주무셨다며
'그 잠 깨우는 사람들 무슨 글 쓰는가'고
사모님
전화 목소리 호통 백두대간이 쩡쩡 운다.

대저, 사람이 사람 만나 반갑다 여겼는데
쌀쌀한 가을바람 감성마을에도 부는 걸까
비포장
도로를 나서며 마을 간판을 내리고 싶었다.

벼룩신문

벼룩시장
신문을 본다.

세상 돌아가는
경제도 보고

돈 흘러가는 봇도랑도 보고

사람 인심 그 정情도 본다.

장롱 속
깊이 잠든 돈

한꺼번에
깨워낸다.

욕심 · 3

그늘만
쫓아다니다가

그늘로
망한 사람들

하나, 둘 생각하면 턱없는 욕심덩이

밤 그늘
짙은 거리 헤매다

된서리 맞을
마음보

공해

밤안개 어둠인 건가 눈앞도 흐린 미세 먼지
눈, 코, 입, 폐부까지
거침없이 파고든다.
화살촉
끝에 묻은 독이 혈관 속을 타고 돈다.

소백산 철쭉제

봄 맞은 소백산에
하늘빛이
내리박히면

산기슭
등성이마다
철쭉꽃
천지가 되고

길 위엔
자동차가 줄을 짓고
등산로마다
사람이 한가득

탐라 바닷가

깊은 바다 내려갔다
때 늦게 올라온
숨비소리*

달빛보다
소탈한
그 해녀들 웃음소리

초췌한
심신에 배어있는 냄새

진한 바다 빛
얼굴

*숨비소리 : 해녀들이 바다 밑에서 물질을 마치고 물 위로 올라와 가쁘게 내
쉬는 숨소리

병원에서

대학병원에 와서 보니
아무 표정 없는 사람들

이름을 언제 부르나 대기하는 석고상들

오늘도
하루가 힘에 겨운
숨만 쉬는 인형들

청량산 그림

류윤형 화백 그림
청량산이
벽에 걸렸다

오산吾山이라 부르던
퇴계退溪의 산 앞에는

지금도
강섶 외나무다리

푸근히 내려 덮인
적설

둘구비 농장에서 · 1

둘구비 사는 사람들 터
옛날부터
명당이라 한다.

살던 사람들은
떠나지 않고
살려고 오는 사람들 많아서

구수한
말씨들이 머물며
추위를 모르는 곳이란다.

둘구비 농장에서 · 2

항시 불어오는 바람으로
사방팔방 길은
시원하고

떠나도 다시 돌아오는
사람들 인심이
넉넉하다.

귀농한
주위 분들의 말씀
귀담아서
농사짓다.

권농일기 · 4

모든 사람들 다 거짓말해도
땅에 뿌린 씨앗들은 거짓말 안 해

고랑엔
소곤소곤 푸른 말들이

가득하게 자라
올라

잠 못 드는 밤이면 푸른 싹들이 말을 걸어

그들 앞에 앉아 있으면
천군만마 거느린 개선장군

새벽잠
깨어 일어나면

그들 먼저 마중 나온다.

편지

이민 간 제자한테서
짧고 긴 편지 한 장

미국행 비행기만 타면
그다음 책임진다고

태평양
한 번 건너가면
남아있는 것은 그리움 뿐

삶 · 8

길을 가다 갑자기 멈춘 나는
어디로 가야할지
잊어버리고 선다.

객처럼
왔다갔다가
길거리를 헤맨다.

잠간 사이 돌아온 정신
일상으로 가볍게 돌아

오늘도 가던 길
또다시 걷고 있다.

오일장
장돌뱅이처럼
돌고 돌다 떠난다.

박영교 시인의 시를 읽는 세 가지의 독법(讀法)

김 용 범

(시인 · 한양대학교 문화콘텐츠학과 초빙교수)

한 달에 두세 권씩 집으로 날아오는 글벗들의 시집을 받으면, 첫 페이지를 열기가 두렵다. 그래서 가까운 지인으로부터 시집이 도착했을 때 나는 조심스럽게 책을 펴 들며 가능하면 시집 한 권에 담긴 그 시인의 시 속에 함몰되지 않으려 억지로 평정심을 작용시킨다. 천칭(天秤)처럼 균형을 잡고 냉정하리라 마음을 다잡으며 시를 읽지만, 애써 태연하려고 하여도 나 역시 같은 길을 걷고 있는 시인이기에 시를 읽으며 처음 작심했던 평정심은 어느덧 사라지고 내가 쓴 시와 내심 비교하게 된다. 사물을 바라보는 새로운 시각에 대한 시샘과, 번뜩이는 발상, 그것을 시로 녹여내는 유연한 수사(修辭) 그리고 그 시인이 세상을 향해 무심(無心)하게 툭 던지는 경구(警句)의 투척으로 인해 발동한 마음의 상처를 감내하기가 쉽지 않다. 시집을 읽는다는 것은 마음의 평안을 위해서인데, 타인의 시집을 받아들고 평정심을 잃지 않으려 애를 쓰면 쓸수록 그것으로 인하여 부글대는 질투를 감당하기 힘들어지는 것이 당연한 일일지 모른다.

최근 시집 한 권을 묶어 내고 나서 글밭이 황량하던 차에 내게 날아온 박영교 시인의 시 한 묶음은 일종의 폭탄과 같았다. 게다가 부담 없이 해설을 부탁한다는 강권(强勸)까지 붙어 있는지라 첨부 파일을 열기가 여간 두려운 일이 아니었다. 그럼에도 불구하고 두려움 반 호기심 반, 박영교 시인의 시집을 열어 단숨에 읽었다. 시집 한 권을 통독하고 나서 나는 서둘러 파일을 저장했고 막막한 심정으로 한동안 뜬구름만 바라보았다.

마음의 평정심을 얻기까지 참 여러 날이 걸린 것 같다. 나는 마음의 부담감에서 벗어나기 위해 카메라를 둘러메고 국립박물관에서 전시 중인 영월 창령사 터에서 발굴한 〈오백나한 전(展)〉을 드나들며 사진을 찍었다. 나의 선부른 결정을 후회하며, 그냥 우리 이웃 장삼이사(張三李四) 같은 아라한(阿羅漢)들의 표정을 카메라에 담는 것으로 며칠간 바탕 화면에 저장된 그의 시를 애써 외면(外面)했다. 일주일 후, 겨우 마음을 추스르고 나서야 박영교 시인의 시 묶음을 다시 풀어 헤쳤다. 만일 그것이 집으로 날아온 시집이고, 보내 준 사람과의 평소 친분을 생각하며 시집을 펼쳐 들었다면, 편안하게 시를 즐기고 샘내며 읽을 수 있었을 것이다. 하지만 해설을 부탁받은 입장에, 문학평론가도 아닌 내가 무애(无涯) 양주동 선생의 말씀처럼 눈빛으로 종이의 뒷면을 꿰뚫어야 하는 '안광(眼光)이 지배(紙背)를 철(徹)함'을 감당할 수 있겠는가. 그러다 문득 나는 카메라로 담았던 수천 장의 아라한 중 두 컷의 사진을 건져 올렸다. 그 하나는 시인 박영교의 시를 은밀

하게 엿보고 있는 나의 모습이고 경북 영주에 사는 박영교 시인과 한 치도 틀림없이 닮은 아라한의 모습이었다. 이런 자세로 시를 보리라고 작심했다.

독법 Ⅰ. 심독(心讀), 박영교의 시는 정형(定型)시이다.

시를 읽는 가장 보편적인 방법의 하나는 묵독(默讀)이다. 입을 닫고 눈으로 시를 읽는 것. 시집을 펼치고 교과서를 읽듯 눈으로 읽어 내려가는 묵독은 나를 포함한 대부분의 독자들이 선택하는 가장 일반적인 방식이다. 또 하나의 방법이 낭독(朗讀)이다. 소리 내어 시를 읽는 이 방법은 시낭송가가 아닌 이상 보편적으로 시를 읽는 방식이 아니다. 세 번째가 심독(心讀)인데 마음의 눈으로 시를 읽는 것이다. 나는 아직 심독의 방식을 터득하지 못하여 머리로만 생각을 하고 있는 터였다.

박영교 시인의 새 시집에 실릴 시를 묵독으로 읽은 뒤 페이지를 덮으며 내가 새삼스럽게 각성한 것은 그가 시조를 쓰고 있다는 것이었다. 그러나 첫 페이지를 열고 마지막 작품을 읽을 때까지 나는 그의 시를 한 번도 시조라 전제하지 않았다.

단언컨대 박영교 시인의 시는 정형시 시조이다. 정형(定型)의 틀이 있음을 말한다. 시에서의 정형(定型)이란 시행의 음절 수에 장단(長短) 또는 단장(短長) 등의 규칙을 지키는 시를 말한다. 한시에서 절구나 율시 및 배율, 또는 독일 및 영국의 음질(音質)을 중심으로 이루어지는 시와 달리, 우리의 시조는 음보 수를 스캔션(scansion)하는 정형이 아니라 음수율만을 지키는 고유의 정형시이다. 그것은 한국어의 운율적 속성과 연결되는데, 5분에서 7분의 시조창이란 노래 형식과 하나 되어 있던 당초의 포맷(format)과 분리되어 시문학의 정형으로 자리 잡은 독창적 시형식이다.

박영교 시인 시집 한 권의 묵독을 끝내고, '아! 이것은 정형시지' 하며 새삼스럽게 각성(覺醒)했다. 그런데 왜 시를 읽어가는 동안 한 번도 그것을 각성하지 못했을까. 오히려 그것이 더 의아(疑訝)했다. 그런 뒤 다시 그의 시를 소리 내어 읽었다. 그제야 나의 의문이 풀리는 듯 했다. 나는 즉시 박영교 시인의 시 세 편을 임의로 골라 행과 연을 허물어 보았다 .

•

사람이 산다는 것/꼬불꼬불 그 고비마다/벗어날 수 있다는 희망/오르고 또 오르고/고갯길/또 앞을 막아서도/오르고 또 오른다./비슬산(琵瑟山) 하염없이/걸어 오르는 저 사람들/색깔 잃은 단풍처럼/바람을 맞았는가/잡목 길/갈잎까지 헤치며/오르고 또 오른다. 〈삶 · 3〉

•

때로는 잊고 싶은 일 지우고 싶은 심정일 게다/비슬산 정상에 서서 아찔한 낭떠러지/떨리는/마음을 안고/눈 아래 세상을 본다./살면서 염원 하나하나 돌이 되고 탑이 되어/산정(山頂)에 올라앉아 마음을 두드린다/단단히/마음 되잡고/감사하며 살라한다. 〈삼층석탑 앞에서〉

•

길을 가다 갑자기 멈춘 나는/어디로 가야할지/잊어버리고 선다./객처럼/왔다갔다가/길거리를 헤맨다./잠간 사이 돌아온 정신/일상으로 가볍게 돌아/오늘도 가던 길/또 다시 걷고 있다./오일장/장돌뱅이처럼/돌고 돌다 떠난다. 〈삶 · 8〉

의도적으로 구분된 행과 연을 허물고 나니 그의 시조는(시조가 정형시라면 자유시는 비정형시인가? 왜 자유시와 상대적인 시의 명칭이 존재하는지 이유는 모르겠지만) 어느 곳에서도 의도적이거나 작위적(artificial)으로 애써 정형을 유지하려 한 의도가 존재하지 않았다. 정형(定型)과 비정형(非定型)의 구분이 사라진 지점, 이것을 관성(慣性, inertia)이라 한다. 관성은 어떤 물체에 작용하는 힘이 없거나, 작용하는 힘들의 합이 0일 때 물체가 운동 상태를 그대로 유지하려는 성질을 말한다. 끊임없이 새로운 것을 추구하려는 원심력과 굳게 문학적 전통을 지키려는 구심력. 이 두 힘이 균형을 이루었을 때의 지점. 기실 원심력(遠心力, centrifugal force)이란 구심력처럼 실제로 작용하는 힘이 아니라 단순히 물체의 운동을 표현하기 위한 겉

보기 힘을 말한다. 흔히 사람들은 구심력과 원심력이 서로 대응되는 힘으로 알고 있거나 작용 · 반작용의 관계로 이해하고 있는데, 이는 잘못된 개념이다. 원심력과 구심력은 크기가 같고 방향은 반대이지만, 구심력은 실제 작용하는 힘이고, 원심력은 가상의 힘이다. 그 두 힘이 0인 지점, 그것이 관성이다. 원심력과 구심력이라는 상대적인 두 가지 힘이 하나가 되면서 원운동으로 돌아가 고요한 가운데 광명으로 빛나는 문학적 관성을 나는 비로소 확인한 것이다.

그런데 이는 뜻밖에도 낭독과 통하고 있었다. 나에게 그의 시는 그냥 시였다. 자유시도 시조도 아닌 시(詩). 어떤 형식적 편견으로 나뉘어져 있는 각각의 장르가 아닌 모국어의 어법으로 쓰여진 시였을 뿐이었다. 나는 시를 소리 내어 읽어본 뒤에야 비로소 무애(无涯), 시와 시조의 정형과 비정형의 경계가 사라진 있는 그대로의 시를 보았다. 그에게서 정형이란 걷기 편한 구두, 편안하게 발에 길들여진 구두 같은 것 아니었을까. '그의 시는 정형시지'라는 각성 후 세 번째로 그의 시를 묵독했다. 시조란 정형을 전제하고 세 번째 읽은 그의 시는 시조의 정격(政格)이었다. 억지로 틀을 부수려는 실험이거나 파격(破格)이 아닌 술이부작(述而不作). 있는 그대로 기술할 뿐 새로 지어내지 않는다는 진체(眞體)를 만난 것이다. 만일 내가 그의 시에 사족을 붙여야 하는 해설을 쓰겠다고 나서지 않았나면, 그냥 묵독(默讀)하며 시를 읽기만 했을지 모른다. 소리 내어 박영교 시인의 시를 읽고 나서 인위적으로 나누어진 행과 연을 허물어 보는 궁여지책이 없었다면, 또한

그런 뒤 정형의 틀을 전제하고 세 번째 묵독을 하지 않았다면, 나는 박영교 시인의 전화에 '참 좋은 시 읽었습니다. 시집을 보내 주셔서 감사합니다'라는 영혼이 없는 상투적인 문자 메시지를 달랑 남겼을 것이 분명하다.

독법 II. 서정(抒情)을 넘어 서사(敍事)를 보다.

서사시를 작심하고 쓰지 않는 한 단장(斷章)의 시로 서사를 그려 낼 수는 없다. 서정시의 한계이다. 연작시라는 궁여지책이 없는 것은 아니나 그것은 서정시의 연작(連作)일 뿐 서사를 그려 낼 문학적 틀이 없다. 그런데 그 형식이 담시(譚詩)나 산문시(散文詩)가 아닌 시조라면 어떠하겠는가. 그 빈틈을 찾아낸 기가 막힌 작품 몇 편을 나는 이번에 내게 전해진 박영교 시인의 시집 속에서 찾아낼 수 있었다. 박영교식 레토릭(rhetoric)은 신기하거나 새로운 실험이 아니었다. 그는 장구한 서사 내러티브를 단지 몇 개의 시어로 간단히 처리했다. 상징과 암시라는 고전적인 레토릭이 아닌 단 몇 개의 어휘만으로 서사의 영역을 여는 것. 귀동냥으로 얻어들은 몇 단어의 소재가 아니라 그가 섭렵하고 있는 인문학적 자산을 압축하고 있는 핵심어의 도출로 서사 영역의 단초를 풀어내고 있다. 이번 시집에 실린 박영교의 시에서 우리를 멈칫하게 하는 시 한 편을 먼저 소개해 본다. 바로 〈다산茶山의 촛불 · 1〉이다.

절명絶命의 힘 앞에선 예절이 필요하다

지난 일들 속에서 만난
저녁놀 치마 색 보며

가난한
양심 담아놓고 노을빛 생각해 본다.

수추首秋*가 든 강진 마을
마음씨까지 창창하지만

붉은 빛 바랜 올실 낡은 치맛자락

마름질
서첩에 새긴 국추菊秋* 가득 피는 글귀

〈다산茶山의 촛불 · 1〉

– 霞帔帖

이 시는 다산 정약용의 〈하피첩〉에서 시상(詩想)이 유발된 작품이다. 놀 하(霞), 치마 피(帔), 즉 붉은 노을색 치마. 이 시에서 시인 박영교는 눗밖의 시어 하나를 꺼내 각주를 던다. '수추首秋' 그리고 그는 친절하고 무덤덤하게 수추는 '음력 칠월'을 달리 이르는 말이라 사족을 달았다. 그저 그렇게 읽으면 그뿐인 각주 하나가 이 시의 핵심이다.

이 어휘는 인터넷에서 '하피첩'을 검색어로 입력하면 어김없이 튀어나오는 수많은 정보들 속에 숨어 있는 것이었다.

이 '수추'란 말이 불쑥 튀어나온 〈하피첩〉 서문의 전문(全文)을 보자.

> 내가 강진에서 귀양살이를 하는 중에 병든 아내가 헌 치마 5폭을 보내왔는데, 대개 그것은 시집올 때 가져온 훈염(활옷)으로 붉은 색이 이미 씻겨 나가 황색이 돼 서본(書本)으로 쓰기에 알맞았다. 그래서 마름질을 해 작은 첩을 만들어 손 가는 대로 훈계의 말을 적어 두 아들에게 남긴다. 바라건대 훗날 이 글을 보고 감회를 일으켜 두 어버이의 자취와 손때를 생각한다면 뭉클한 마음이 일어나지 않을 수 없을 것이다. 이름 지어 하피첩이라 하니 이는 붉은 치마가 전용된 말이다. 가경 경오년(1810년) 초가을에 다산 동암에서 탁옹.
> 余在 耽津謫中病妻 寄敝裙五幅 蓋其嫁時之纁袡 紅已浣而黃亦淡政中書本. 遂剪裁爲小帖 隨手作戒語 以遺二子. 庶幾異日覽書興懷 挹二親之芳澤 不能不油然感發也. 名之曰 霞帔帖 是乃紅裙之轉隱也. 嘉慶庚午 首秋 書于 茶山東庵 籜翁.

그해는 1810년(순조 10) 7월이고 다산이 마흔아홉 되던 해다. '홍군(紅裙 · 다홍치마)의 전용된 말'이라 부연 설명했다.

원래 '홍군' 다홍치마가 아니라 붉은 노을빛 치마, 굳이 '하피'라 표현했다. 부인 홍씨가 시집올 때 입고 온 색 바랜 붉은 색의 치마를 '하피'라 한 것이다. 하피라 하는 순간 세월에 빛 바랜 붉은 치마는 이미 시(詩)다. 다산이 유배되던 1801년 19살과 16살이던 아들 둘은 어느덧 28살(학연)과 25살(학유), 여덟 살이던 외동딸은 18세가 되었다. 〈하피첩〉엔 유배 중이던 다산이 두 아들에게 보낸 편지 26편이 실려 있다. 이것이 창작과 비평에서 박석무의 번역으로 펴낸《유배지에서 보낸 편지》이다. 다산은 〈하피첩〉을 만들고 3년 뒤에 남은 치마폭을 오려 딸을 위해 그림을 그렸다. 매화꽃 핀 나뭇가지에 참새 두 마리. 다산은 이 〈매조도〉 그림의 아래쪽에 시 한 편을 적었다.

저 새들 우리 집 뜰에 날아와	翩翩飛鳥
매화나무 가지에서 쉬고 있네	息我庭梅
매화향 짙게 풍기니 그 향기	有烈其芳
사랑스러워 여기 날아왔구나	惠然其來
이제 여기 머물며	爰止爰棲
가정 이루고 즐겁게 살거라	樂爾家室
꽃도 이미 활짝 피었으니	華之旣榮
주렁주렁 매실도 열리겠지	有蕡其實

이어 그 옆에 그림을 그리게 된 사연도 함께 써 넣었다.

강진에서 귀양살이한 지 몇 해 지나 부인 홍씨가 해진 치마 6폭을 보내왔다. 너무 오래되어 붉은색이 다 바랬다. 그걸 오려 족자 네 폭을 만들어 두 아들에게 주고, 그 나머지로 이 작은 그림을 그려 딸아이에게 전하노라.

余謫居康津之越數年 洪夫人寄敝裙六幅 歲久紅渝剪之爲四帖 以遺二子 用其餘爲小障 以遺女兒.

〈하피첩〉에 얽힌 구구절절한 서사를 시인 박영교는 친절한 각주 '수추' 한마디로 생략해 버린다. 그리고 '붉은 빛 바랜 올실 낡은 치맛자락'으로 시를 끝낸다. 이것이 바로 박영교식 서사이다.

이 시를 이해하기 위해서는 이 시가 거느리고 있는 장구한 서사의 전모를 읽어야 한다. 그는 앞뒤의 팩트를 삭제했으므로 이것은 이 시를 읽는 독자의 몫으로 남겼다. 참으로 뻔뻔하고 무책임한 처사이다. 나 역시 '수추'란 각주가 달리지 않았다면 빛 바랜 노을빛 치맛자락에 휘감겨 있었을 것이다. 절묘한 선택이다. 나는 내친 김에 능내로 돌아온 다산으로 사유의 폭을 넓혔다. 그 후 다산은 어찌 되었을까. 그는 유배에서 풀려나 고향인 양주군 능내로 돌아온다. 그리고 호를 여유당으로 바꾼다. '여유(與猶)'는 노자(老子)의 '도덕경' 15장에서 따온 말이다. "겨울에 시내를 건너는 것처럼 조심하고〔與〕, 사방 이웃을 두려워하듯 경계하라〔猶〕(與兮若冬涉川 여혜약동섭천, 猶兮若畏四鄰 유혜약외사린)." 비방을 자초하지 않고 조심조심 살아가겠다는 의미이다. 천주학으로 박해를 받은 유학자 정약용이 노자의 도덕경에서 삶의 지향을 바꾼다는 것까지 생각의 스펙트럼을 넓힌 독자가 있다면 시인 박영교의 서정을 넘은 서사의 지평에 비로소 도착한 것이리라.

시는 서사를 꾸려나가는 장르가 아니다. 더군다나 팩트의 진술도 아니다. 박영교식 레토릭에 나는 항복했다. 그리고 그가 내준 숙제에 한동안 골몰(汨沒)했다. 힘은 이런 것이다. 그리하여 그가 펼쳐 놓은 빛 바랜 저녁노을의 스펙트럼에 함몰해 있어야 했다.

또 다른 작품 하나를 보자 .

사람은 살기 싫어도
살아가야 하는 법이다.

너그럽지 못한 상사들이 세상을 뒤흔들어도

삶이란
역사를 바르게 쓰는
내일 향한 오늘일 뿐

권력을 잡았다고
휘두르는 칼자루 앞에

고개 빳빳이 쳐들고 바른 말할 사람 있나

지금도
궁형을 내리는
황제가
있을지 몰라

〈사마천의 눈물 · 2〉

사마천은 섬서성(陝西省) 하양현(夏陽縣)에서 태어났다. 자는 자장(子長). 아버지 사마담(司馬談)은 한무제 치세 초기에 천문과 달력을 기록하는 부서의 장인 태사령으로 재직했다. 일찍이 아들의 총명함을 확인한 사마담이 고대 문헌들을 구해 사마천에게 주었는데, 사마천이 학문의 기본을 다지는 계기가 되었다. 기원전 135년 사마천은 아버지를 따라 장안으로 왔고, 그곳에서 본격적으로 고대 문헌들을 접한다. 기원전 126년 사마천은 학업을 일시적으로 중단하고 아버지의 조언에 따라 중국 각지를 유람하며 각 지역의 사회 분위기, 지리, 풍토 등 다양한 문화를 체험하면서 견문을 넓힘과 동시에 과거의 사건들을 연구하고, 역사 자료를 수집하기 시작했다. 기원전 118년 돌아온 그는 낭중(郎中)이 되어 벼슬살이를 시작했다.

기원전 110년 사마천의 아버지 사마담이 병사했다. 거의 30년간을 사관으로 재직했던 사마담은 생전에 자신이 《사기》를 쓰려고 계획했지만 이를 이루지 못하고 죽게 되자 임종을

앞두고 아들 사마천에게 자신의 과업을 완성하라고 당부하며 눈을 감았다. 기원전 108년 사마천은 죽은 사마담의 뒤를 이어 태사령에 부임했고, 아버지의 유언을 받들어 《사기》 집필의 사전 작업에 착수한다. 그때 마침 흉노가 세력을 펼치기 시작하자 무제는 휘하의 유능한 장수 이릉(李陵)에게 군사 5천을 주고 애첩의 오빠인 이광리(李廣利)를 도와 흉노족을 토벌할 것을 명했다. 그러나 이광리는 전투에서 대패했고, 이릉은 흉노족 8만을 상대로 용감히 싸웠으나 결국 투항하고 말았다. 한무제는 이릉을 왜 선택했을까. 이릉(李陵)의 할아버지 이광(李廣)은 천하에 이름을 날린 신전수(神箭手)였다. 이릉도 할아버지의 재능을 이어받았고, 그가 고르고 고른 5천 보병은 능력이 뛰어난 '신전수군단'이었다. 이릉의 부대가 승승장구할 수 있었던 이유는 활에 의존했기 때문이다. 그러나 연속 8일간의 생사를 넘나드는 교전으로 이미 이릉이 가지고 있던 화살은 모두 바닥이 났다. 대세는 기울었고, 이 정보를 들은 흉노선우는 즉시 군대를 이끌고 이릉을 맹공한다. 이릉이 군대를 이끌고 반격해 보았지만, 화살이 다 떨어지고 나니 더 이상 계속 싸울 수가 없었고 한나라로 다시 도망칠 수조차 없었다. 결국 이릉은 부대를 이끌고 흉노에 투항한다. 수하 5천 용사 중의 대부분이 전쟁터에서 죽고 4백 명만 남았다. 이릉이 투항했다는 소식이 장안에 전해지자, 한무제는 격노한다. 어찌 적에게 투항하여 구차하게 목숨을 구걸한단 말인가? 조정의 신하들은 모두 황제에게 이릉을 서인으로 강등시키고, 이씨 일가를 멸문시키고, 뼈를 갈아서 뿌림으로써 후

대에 경계를 삼게 하라고 요청한다. 이 논의가 계속되는 동안 사마천은 침묵한다. 태사령인 그가 한마디 말도 하지 않는 것을 보고 있던 무제는 묻는다. "태사령, 너는 어찌 한마디도 하지 않는 것이냐. 너는 이 일을 어떻게 생각하느냐?" 황제가 묻자 사마천은 입을 열어 직언을 시작한다. 이릉은 다시 얻기 힘든 국사(國士)이고, 국사란 나라에서 가장 우수한 인재가 받을 수 있는 영예이다. 그러므로, 설사 이릉이 투항을 했다고 하더라도, 이전의 공로를 감안하여, 잔인하게 그를 처벌해서는 안 된다고 주장한다. "이릉은 5천 보병을 이끌고, 8만 흉노의 주력 부대와 8일 밤낮으로 격전을 벌였습니다. 비록 패배하고 투항했지만, 그는 한나라의 위풍을 높였고 이 같은 전공이 있으니 공으로 과실을 상계해야 합니다." 이런 직언에 이어 마지막으로 사마천은 말한다. "이릉의 일관된 행동을 보면, 그가 이번에 투항한 것은 어쩔 수 없이 택한 '거짓 투항'일 것이므로 목숨을 남겨두어 그가 적의 내부에서 책동을 한 후 공을 세워 죄를 갚도록 하는 것이 좋겠습니다." 당당하게 이릉을 변호하는 사마천의 직언에 주위는 숙연해진다. 그러나 누구도 사마천을 옹호하지는 못한다. 결국 그는 궁형(宮刑), 거세를 당하고 만다. 그는 사관(史官)이었고 비록 직언으로 거세를 당했지만 역사에 부끄러움이 없었다.

시인 박영교는 이러한 역사의 진실을 '고개 빳빳이 쳐들고 바른 말할 사람 있나'란 반문(反問) 한 줄로 처리하고 있다. 이 시 어디에도 한무제도 흉노선우도 이릉의 이름이 거론되지 않는다. '사람은 살기 싫어도 살아가야 하는 법이다', '고개 빳빳이 쳐들고 바른 말할 사람 있나', 단 두 줄의 시행으로 오늘의 현실에 빗대어 소위 촌철살인의 경구(警句)를 우리에게 던진다. 날카롭고 매서운 사회 비판이다. 단 두 줄로 처리된 시의 힘을 보여 주고 있는 것이다.

독법 Ⅲ. 3 종장의 옭매듭

시인들이 시를 쓸 때 제일 중요하게 생각하는 부분이 바로 어떻게 끝을 맺느냐이다.

시를 읽는 재미 중에 하나가 그 시의 맨 마지막 행 읽기이다. 시의 마지막 시행에는 시인의 총량이 담겨있기에(독자들은 누구는 제일 첫 줄이라고 말하는 사람이 있기는 하지만 첫 행은 동기의 유발, 착상, 어느 날 문득 내게로 온 전혀 뜻밖의 어휘임에 반해 그다음 줄부터는 그 첫 행으로 인하여 도발(挑發)된 스펙트럼의 전개란 공식(formula)이 있다) 시인은 종내(終乃) 자신이 펼쳐 놓은 시행들을 스스로 매듭지어야 하는 책임이 있다. 그래야만 시가 끝나는 것이기 때문이다. 더군다나 그것이 시조라면 시조의 종장이 지닌 '3.5'라는 준엄한 제약의 원칙에서 자유스럽지 못하다. '3.5' + 종결 어미로 끝을 내야 한다. 이것이 바로 시와 시조가 구분되는 지섬일 수도 있고 정형시의 준엄한 세약을 즐기는 기쁨일 수도 있다. 그런데 문제는 우리 모국어의 종결 어미이다. 현행 국어에서는 대표 형태의 어간에 평서형 종결 어미 '-다'가 붙은 활용형을 기본형으로 설정한다. 종결 어미란 한 문장을 종결하는 어말 어미를 말하는데, 동사에는 평서형·감탄형·의문형·명령형·청유형이 있고, 형용사에는 평서형 · 감탄형 · 의문형이 있다. 평서형 종결 어미에는 '-다', '-오', '-ㅂ니다', 감탄형 종결 어미에는 '-구나', '-도다', 명령형 종결 어미에는 '-아라/-어라/-여라', 의문형 종결 어미에는 '-(ㄴ/는)가', '-(느)냐', '-(으)니', 청유형 종결 어미에는 '-자', '-자꾸나', '-세', '-읍시다' 등이 있는데 시를 위한 문법이 따로 존재하지 않는 한 시의 끝도 여기서 자유스러울 수 없다. 이들 중 하나를 선택하는 것, 그것이 시의 끝행이다. 아동문학가 이오덕은 한국어 서술어의 평서형 종결 어미를 '-다'의 독재에서 해방시키고 싶어 했다. 그러나 그것이 어찌 쉬운 일이겠는가. 평서형 종결 어미 '-다'의 독재는 산문의 경우 입말체를 써서 이야기하듯 마무리 지을 수 있지만 서사시나 담시(譚詩)가 아닌 서정시에서는 그럴 수 없는 것이 국어 정서법의 원칙이다. 그런데 '-다'의 독재를 손쉽게 간단하게 벗어난 시가 있다.

머언 산 청운사(靑雲寺)
낡은 기와집

산은 자하산(紫霞山)
봄눈 녹으면

느릅나무
속잎 피어나는 열두 굽이를

청노루
맑은 눈에

도는
구름

〈박목월 청노루〉

이 얼마나 간단명료한 해방인가. 시인 박영교는 목월의 수사법을 원용하고 있다. 앞서 술이부작(述而不作)이라고 박영교가 정격(正格) 시조의 정형 형식을 준수하고 있음을 적시했다. 그는 시의 끝행을 목월풍(木月風)의 명사종지를 스스럼없이 수용하여 몇 편의 시들을 끝맺음으로써 아취(雅趣)를 드러낸다. 이 역시 술이부작(述而不作)이다. 나는 이것을 박영교식 옮매듭이라 이름 붙인다.

웃음꽃
하얗게 피는
봄빛 같은
말소리.

〈우체통 앞에서〉 부분

보아도
들어도 깊은 한숨 뿐

물음 같은
풍경
소리

〈침묵 · 1〉 부분

산 중 산
큰 중심을 잡고

늘 떠 있는
푸른 별.

〈아버지〉 부분

초췌한
심신에 배어있는 냄새

진한 바다 빛
얼굴

〈탐라 바닷가〉 부분

지금도
강섶 외나무다리

푸근히 내려 덮인
적설

〈청량산 그림〉 부분

서술형 종결 어미 '-다'에서 해방된 박영교 시의 옭매듭은 거듭하여 우리에게 한 장의 풍경화를 펼쳐 보여준다. 시란 '언어로 그리는 그림'이다. 이것은 C.D. 루이스의 말이다. 그의 몇몇 시는 끝행을 역시 '-다'로 끝내지 않고 명사종지란 목월풍의 수사법을 사용하여 독자들을 그 풍경 속으로 끌어들인다. 또한 시를 끝내며 무심(無心)하게 오브제 하나를 제시할 뿐 '-다'로 매듭진 종결 어미를 가장한 끝행으로 자신의 생각을 강요하지 않는다. 그리하여 독자들의 상상력이 작동할 공간, 즉 독자의 몫을 만들어 낸 것이다. 시를 읽고 나서 우리는 시인 박영교가 우리 몫으로 남겨 둔 저녁노을빛 여운(餘韻)에 한동안 휘감긴다. 그것은 온전히 독자의 몫이다. 이게 심독(心讀)이다. 독자로서 나는 그의 시와 교감한 것이다.

이것이 내가 시인 박영교의 시집을 묵독하고 다시 낭독(朗讀)한 뒤 그 둘을 합쳐 심독(心讀)해 본 독후감이다. 이제 남은 일은 영주로 영교형을 찾아가 메밀묵 누룽지를 긁어 주는 구수한 묵밥집에서 밥을 사달라고 조르는 것이다.

앞으로는, 나는 시를 쓰는 시인이지 비정형시 자유시를 쓰는 시인이 아니란 사실을 한 번 더 강조하고 그럼에도 불구하고 스스로 시조시인이라 우기면 나는 74년에 〈심상〉으로 데뷔했으므로 문단은 내가 1년 선배임을 명백히 밝힐 셈이다.

박영교(朴永教) 연보

1943년 경북 봉화 출생

1965년 安東高等學校 졸업

1970년 안동교육대학 졸업

1971년 現代律 창립동인(동인지 1집)

1972년 詩 3회 추천완료(김요섭 님 추천)

1973년 중앙대학교 사범대학 3학년 편입시험 합격, 입학

1973-1975년 現代詩學 時調 3회 추천 완료(이영도 님 추천)

1975년 한국시조시인협회 회원

1975년 중앙대학교 사범대학 졸업, 영광여고 국어교사 재직

1976년 한국문인협회 영주지부 창립, 초대 사무국장 역임

1977년 한국문인협회 회원 인준

1977년 고려대학교 교육대학원 졸업(碩士)

1981년 풍기중학교 재직, 시조집 『가을寓話』 上梓

1982년 제1회 中央時調大賞受賞(新人部門, 중앙일보 제정)

1982-1984년 경북전문대학 유아교육학과 강사

1984년 한국시인협회 회원, 영주문화원 理事

1985년 국제PEN클럽 한국본부 회원

1986년 시조평론집 『文學과 良心의 소리』 上梓

1986년 미래율 편집위원

1986-1990년 榮州中學校 재직

1988년 시집 『사랑이 슬픔에게』 上梓

1988년　한국시조시인협회 여름세미나 주제발표(光州)

1989년　시조집『겨울 허수아비』上梓

1989년　시조동인『오늘』창립

1989년　대구매일신문 칼럼〈매일춘추〉집필(1-2월, 2개월간)

1990년　시조동인『오늘』창간호『우리 살고 있는가』出刊

1990-1991년　韓國文人協會 경북지회 監事

1991-1992년　한국문협 榮州支部長(울릉도 전근으로 6개월 후 사임)

1991-1993년　울릉중학교 태하분교장 재직

1992-1993년　한국문인협회 경북지회 시조분과위원장

1994년　시조집『숯을 굽는 마음』上梓

1994년　제1회 慶尙北道文學賞 受賞

1994년　제4회 民族詩歌大賞 受賞(부산일보 주최)

1994-1997년　榮州工業高等學校 재직

1995년　영남일보 칼럼〈문화산책〉2개월간 집필(1-2월)

1995년　제2회 慶尙北道文學賞 審査委員

1995년　모범공무원포장(제22825호 국무총리)

1996년　제3회 慶尙北道文學賞 審査委員

1996-1997년　嶺南時調文學會 理事

1996-1997년　韓國時調詩人協會 理事

1997년　제2회 경상북도 여성백일장 심사위원(7/2 大邱大)

1997-1998년　경북중등문예연구회 부회장

1998년　영남시조『洛江』31輯 출간

1998년　제4회 慶尙北道文學賞 審査委員

1998년　제3회 경상북도 여성백일장 심사위원(7/6 포항공대)

1998-1999년　奉化 西壁中學校 校監 재직

1998-1999년　한국문인협회 경북지회 부지회장

1998-1999년　嶺南時調文學會 會長

1998-2003년　한국시조시인협회 理事

1999년　영남시조 『洛江』 32輯 출간

1999년　시조 평론집 『詩와 讀者 사이』 上梓

1999년　제4회 경상북도 여성백일장 심사위원장(7/6 영남대학)

1999년　『榮州文學』 23집 발간

1999-2000년　慶北 中等文藝研究會 제10대 會長 被選

1999-2000년　경북 영주시 榮州中學校 校監 재직

1999-2000년　韓國文人協會 榮州文人協會 支部長

2000년　『중등문예』 제13집 발간

2000년　『慶北文壇』 11집 발간

2000년　『榮州文學』 24집 발간

2000년　시조시학 운영위원, 〈오늘의 시조학회〉 입회

2000년　제6회 慶尙北道文學賞 審査委員

2000년　『오늘』 동인 12집 『숲에 내리는 안개』 上梓

2000년　제5회 경상북도 여성백일장 심사위원장(5/16 영남대학)

2000년　『영주주부독서회』 강사

2000년　경상북도 여성문학회 창립총회 고문 추대(6/24)

2000년　『문예비전』(발행인 김안기) 12월호 〈인물포커스〉난 경북문인협회 지회장(당시 영수중학교 교감) 기사 취재차 김주안 편집국장이 직접 영주 방문(책 첫머리 컬러판 6쪽)

2000-2001년　韓國文人協會 慶北支會長 被選

2000-2001년　韓國時調詩人協會 理事 被選(회장 김준)

2001년　제7회 慶尙北道文學賞 審査委員

2001년　제29회 花郞文化祭 推進 委員長

2001년　『慶北文壇』 12집 발간

2001년　『오늘』 동인 13집 『맑게 씻긴 흔적들』 上梓

2001년　제42회 慶尙北道文化賞(文學部門) 受賞

2001년　제6회 경상북도여성백일장 심사위원장(5/16 경주문화엑스포장)

2001년 3월-2002년 8월　영양군 首比中高等學校 校長 재직

2002년　월간 『문학세계』 신인상 심사위원으로 위촉, 심사(2월호, 김복희 수필 당선) 편집위원 위촉

2002년　격월간 『문예비전』 시·시조 신인상 심사위원으로 위촉·심사(5-6월호, 오숙화 시, 신인상 수상)

2002년　제97회 月刊文學 新人賞審査委員(韓國文人協會發行) 時調部門(8월호, 황정희 시조시인 당선)

2002년　시집 『창(槍)』(서울, 도서출판 책만드는집) 上梓

2002년　제7회 경상북도 여성백일장 심사위원(7/5 경운대학)

2002년　9월 1일 경북 봉화군, 春陽中·商業高等學校 校長 취임

2002년　제30회 花郞文化祭 推進委員長(安東地區)

2002년　11월 제1회 시조시학상 수상(수상시집 『창』), 부상-시집출판증서(태학사)

2002년 12월　韓國文人協會 慶北支會 顧問으로 推戴

2002년 1월-2003년 12월　慶尙北道 文化藝術振興基金 審議委員

2002-2003년　韓國時調詩人協會 理事 被選(회장 서벌)

2003-2004년 한국크리스천문학가협회 이사 被選(회장 김지원)

2003년 시조동인『오늘』제15집『이천삼년의 비』출간

2003년 월간『문학세계』신인상 심사위원으로 위촉(8월호, 시 김옥구, 수필 박성용)

2003년 9월 月刊 文藝思朝 編輯委員 위촉(발행인 金昌稷)

2003년 10월 제31회 花郎文化祭 推進 委員長(安東地區)

2003년-현재 계간『현대시조』계간평 집필(2003년 통권 80호부터)

2004년 2월 한국시조시인협회 이사로 被選(회장 이은방)

2004년 3월 한국문인협회 제23대 이사로 被選(이사장 신세훈)

2004년 3월 우리시대현대시조 100인선 86 시조집『징(鉦)』(태학사) 발간

2004년 4월 韓國文人協會 理事 被選(이사장 신세훈)

2004년 5월 영주시민신문 논설위원 위촉

2004년 5월 경상북도 여성백일장 심사위원 위촉

2004년 6월 예총기관지『예술세계』신인상 심사위원(시 정옥희, 시조 강영선)

2004년 9월 월간『문예사조』(발행인 김창직) 신인상 심사위원(시조 박석홍)

2004년 10월 제20회 전국죽계백일장 심사위원장(소수서원)

2004년 10월 제32회 花郎文化祭 推進 委員長(安東地區)

2004-2005년 韓國時調詩人協會 理事 被選(회장 이은방)

2005년 2월『월간문학』제105회 신인문학상 심사위원(한국문협기관지)

2005년 2월 춘양중·상업고등학교 校長 停年退任(大韓民國 옥조

근정훈장 제28684호)

2005년 2월　제7482 봉사장(한국스카우트연맹, 총재 이원희)

2005년 2월　공로장(사단법인 대한상업교육회, 이사장 윤동섭)

2005년 3월　국립 삼척대학교 문예창작과 출강

2005년 3월　도립 봉화도서관 주부문학회 출강(전미선 회장)

2005년 5월　제28회 榮州靑年會議所 主催 白日場 審査委員長

2005년 6월　예총기관지『예술세계』신인상 심사위원 심사(시조 김복희)

2005년　월간『문학세계』신인상 심사위원(8월, 시 김석진·김점순·김희선, 11월, 시 유영재)

2005년 11월 9일　제11회 慶尙北道文學賞 審査委員 위촉

2006년 2월 13일　제40회 한국크리스천문학가협회 이사·시조분과 위원장 선임

2006년 2월 25일　(社)韓國時調詩人協會 首席副理事長 推戴

2006년 4월 25일　제3회 전국 서하(西河) 백일장 심시위원(예천)

2006년 5월 28일　한국크리스천문학가협회 주최 해외학술세미나 참석(필리핀 바기오 City)

2006년 10월 14일　제22회 전국 죽계백일장 심사위원장

2006년 10월 28일　한국문인협회 전국대표자회의 참석(안동국학진흥원)

2007년 1월 27일　심운 김점순 회장 시집출판기념회 시 해설

2007년 2월 22일　(社)韓國文人協會 제24대 이사 被選(理事長 김년균)

2007년 4월 21일　제2회 추강시조문학상 심사위원장(수상자 이상룡

	시인-도서출판 크낙새 대표)
2007년 4월 28일	장녀 박지현·사위 김충헌 결혼(영주 아모르웨딩 1층, 12시)
2007년 5월 4일	제24회 한국크리스천문학 본상 수상
2007년 5월 5일	제30회 청년회의소 백일장 심사위원장
2007년 5월 19일	2007년 지훈 예술제 백일장 심사위원장
2007년 10월 3일	제23회 전국죽계백일장 심사위원장
2008년 1월 7일	열린시학 신년하례식 및 행사 참석(오후 3시)
2008년 1월 29일	제42회 한국크리스천문학가협회 부회장 피선
2008년 4월 23일	사단법인한국문인협회 2차 회의 참석(한국문인협회 서울시지회 정관 제정 및 각종 규정 보완)
2008년 4월 26일	제3회 추강시조문학상 심사위원장 위촉, 심사평 및 시상식(수상자 안동대학교 영어교육학과 김양수 교수)
2008년 4월 28일	현대 사설시조포럼 참석(포항공대, 회장 제갈태일)
2008년 4월 29일	아이꿈터 어린이집운영위원회 위원장 위촉
2008년 5월 9일	제11회 전국공무원문예대전 심사위원 위촉(행정안전부장관 임명)
2008년 5월 28일	제11회 전국공무원문예대전 제2차 작품 심사(정부 중앙청사 11층 1112호 회의실, 10시-17시)
2008년 7월 10일	제11회 전국 공무원문예대전 시상식 참석(정부 중앙청사 별관 2층 강당)
2008년 9월 29일	『우리의 인연들이 잠들고 있을 즈음』 상재
2008년 10월 18일	제24회 전국죽계백일장 심사위원장

2008년 11월 6일　대구검찰청 안동지청 범죄피해자지원센터 전문위원 위촉

2008년 12월 21일　본인 시집『우리의 인연들이 잠들고 있을 즈음』이 한국문화예술위원회 우수문학도서로 선정

2009년 2월 9일　사단법인 한국시조시인협회 제22대 선거관리위원장 추대

2009년 5월 30일　제25회 전국 죽계백일장 심사위원장(영주)

2009년 5월 31일　제6회 전국 서하(西河) 백일장 심사위원장(예천)

2009년 9-10월　경북일보 칼럼 〈아침시단〉 집필(2개월)

2010년 1월-현재　영주 시민신문 〈와남의 영주시단〉 집필

2010년 2월　경북 금빛평생교육 봉사단 단원

2010년 3월 9일　영주시립도서관 운영위원 위촉(영주시장)

2010년 4월 17일　제5회 추강시조문학상 수상

2010년 11월 5일　경상북도문학상 심사위원 위촉

2010년 11월 26일　(사)경상북도장애인재활협회 운영위원 위촉

2011년 1월 10일　경상북도문학상 심사위원 위촉

2011년 2월 17일　한국크리스천문학가협회 이사 피선

2011년 9월 16일　제1회 독도문예대전 심사위원 위촉(주최 경상북도청, 주관 영남일보)

2011년 12월 4일　한·중 서화교류전 중화민국 서법학회 이사장상 수상(서예 한문 해서부문)

2012년 4월 6일　한국크리스천문학상 심사위원

2012년 7월 27일　전국 문학캠프 문학특강(영양문인협회 주최)

2012년 9월 17일　제2회 경북여성문학상 심사위원

2012년 9월 20일 제2회 전국독도문예대전 심사위원(경상북도 주최)

2012년 10월 2일 『월간문학』 월평 집필(10~12월)

2012년 10월 12일 『현대시조』 겨울호 계간평 집필

2013년 3월 13일 경북금빛평생교육봉사단원(경북교육청)

2013년 5월 11일 『한국현대사설시조포럼』 부회장 피선

2013년 5월 25일 평론집 『시조작법과 시적내용의 모호성』, 시집 『춤』 출판기념회(영주, 남서울예식장)

2013년 6월 20일 제10회 선국 서하백일장 심사(예천문인협회)

2013년 9월 13일 제3회 대한민국독도문예대전 전국글짓기 심사위원

2013년 9월 14일 제3회 경북여성문학상 심사위원

2013년 10월 24일 제54회 경상북도문화상 심사위원(경북지사 김관용)

2014년 1월 5일 『현대시조』 봄호 계간평 집필

2014년 1월 6일 경북도립영주공공도서관 운영위원장 취임

2014년 2월 4일 한·중교류전 초대작가 입회(서예)

2014년 2월 18일 영주시립도서관 이사 위촉(영주시장)

2014년 4월 7일 제1회 수안보온천시조문학상 심사위원장

2014년 6월 14일 제11회 전국 서하백일장 심사위원(예천문인협회)

2014년 9월 1일 제일교회 늘푸른대학 특강

2014년 10월 6일 종합복지관 은빛대학 특강

2014년 10월 25일 영주문협 전국죽계백일장 심사위원

2015년 1월 8일 경북문인협회 선거관리위원회 참석(김천)

2015년 1월 11일 제29회 홍재미술대전 심사위원(서예 한문)

2015년 4월 5일 제2회 수안보온천시조문학상 심사위원장, 제6회

역동시조문학상 심사위원장

2015년 5월 3일 제12회 전국서하백일장 심사위원(예천문인협회)

2015년 5월 23일 영주문협 전국죽계백일장 심사위원, 5월 23일 제3회 안향휘호대회 입상(한문 행서)

2015년 7월 30일 경북도립 영주공공도서관 운영위원회 위원장

2015년 8월 15일 영주문예대학 문학기행(안성-원주)

2015년 9월 7일 한국문협 전통문학분과위원회의 참석(서울)

2016년 1월 23일 현대사설시조포럼회 참석(대구, 인터불고호텔)

2016년 4월 27일 (사)대한노인회 영주시지회 부설 노인대학장 취임

2016년 4월 29일 (사)대한노인회 부설 노인대학장 세미나(군위군 부계)

2016년 5월 7일 영주문협 전국죽계백일장 심사위원

2016년 5월 27일 풍기 백동 김순한 시인 별세 문상

2016년 6월 23일 영주문예대학 개강(후학기)

2016년 7월 9일 영주문예대학 이효석문학관 문학기행

2016년 7월 30일 삼척문인협회 해변시낭송회 참석

2016년 9월 1일 제일교회 늘푸른대학 특강

2016년 10월 6일 종합복지관 은빛대학 특강

2016년 11월 31일 제29회 홍재미술대전 심사위원(한문 해서)

2016년 11월 24일 영주문예대학 9기 졸업식

2016년 12월 1일 영주문예대학 동인지 『영주문예대학』 5집 출판기념회

2016년 12월 7일 영주문협 『영주문학』 출판기념회(대화예식장)

2016년 12월 29일 (사)대한노인회 영주시지회 직원송년회

2017년 1월 3일 영주시 신년교례회(시청 3층강당)

2017년 1월 18일 영주시지회 노인대학 신입생 면접

2017년 3월 8일 영주시지회 노인대학 입학식

2017년 3월 9일 영주문예대학 추수지도

2017년 3월 25일 정선남 작가 출판기념회 서평(대화예식장)

2017년 5월 13일 예천 전국 서하백일장 심사위원

2017년 5월 31일 조영일 시인 시비건립(안동 오후 5시)

2017년 7월 20일 최교일 국회의원 간담회(10:30-11:30)

2017년 9월 14일 영풍장애인주간보호센터 운영위원(영주시장)

2017년 9월 28일 한계순 시인 자택 별빛축제(영주문예대학 주최)

2017년 10월 14일 제2회 문향경북문인 시낭송 올림피아드 심사(부위원장)

2017년 10월 16일 제21회 영주시민대상 수상(시민회관)

2017년 11월 11일 제4회 영남시조문학상 수상(대구)

2017년 11월 19일 제23회 대한민국미술전람회 특선 1(해서)·입선 1(초서)-국전 서예 한문

2017년 12월 22일 (사)대한노인회 영주시지회 이사 참석(1박 2일, 단산댐)

2017년 12월 20일 구곡문학회 시낭송회(영주, 대화예식장, 오후 6시)

2017년 12월 27일 (사)노인대학장 서울 세미나

2017년 12월 28일 영주문인협회 총회(우정면옥)

2018년 1월 18일 평창 동계올림픽 참관(노인회)

2018년 3월 6일 한국크리스천문학가협회 중앙위원 추대

2018년 4월 5일 영주문예대학 개강

2018년 4월 25일　박영교 구안와사(신경계 질병 치료 중)
2018년 4월 27일　제26회 대한민국서예전람회(국전 한문 예서)
2018년 5월 23일　계간 『현대시조사』로부터 감사패 받음
2018년 7월 30일　영주시장 간담회(영주노인대학 2층 강당)
2018년 8월 28일　경북노인대학 학장 회의(영천)
2018년 9월 5일　영주시지회 노인대학 개강(2학기)
2018년 9월 6일　영주문예대학 개강(2학기)
2018년 11월 5일　한국크리스천문학 신인상 시상식 심사(박찬숙·김명신)
2018년 11월 17일　『좋은시조』 신인문학상 시상식 심사 총평
2018년 11월 18일　월간 『문학세계』 신인상 시상식 참석(축사, 이명자·한병태·김영기·조정화·권태화, 성동구청 대강당)
2018년 11월 23일　계간 『좋은시조』 신인문학상 심사평(대학로 예술가의 집)
2018년 12월 5일　(사)대한노인회 영주시지회 노인대학 졸업식
2018년 12월 6일　영주문예대학 총회(한병태 회장 선임)
2018년 12월 5일　김원길 시인 문인편지글 전시 참석(안동)
2018년 12월 10일　영주문인협회 시낭송회(안정농협 3층)
2019년 1월 3일　영주시기관장 신년교례회(상공회의소)
2019년 1월 24일　영주문인협회 월례회
2019년 2월 16일　경북문인협회 총회(구미 박태환 회장 피선)
2019년 1월 27일　한국문인협회 제27대 이사 취임(이사장 이광복)
2019년 1월 30일　경북문인협회 임시총회, 회장 이·취임식(구미)
2019년 3월 21일　제10기 문학아카데미 개강(영주 문협)

2019년 4월 4일 제10기 문학아카데미 강의(영주 문협)

2019년 4월 13일 차녀 박시영 결혼식 사전 피로연(영주, 남서울예식장, 오후 5-8시)

2019년 4월 20일 차녀 박시영·사위 김재진 결혼식(안동, 리첼호텔 별관 3층 크리스탈 홀, 12시)

2019년 5월 29일 계간 『현대시조』 제24회 현대시조문학상 심사평(서울, 출판문화회관 4층 강당)